ELA
FRAGMENTOS EM ÉOLO

Fernanda Augusta

ELA
FRAGMENTOS EM ÉOLO

Belo Horizonte
2022

Catalogação na Publicação

F363

Fernanda Augusta

Ela: fragmentos em éolo / Fernanda Augusta.
– Belo Horizonte: Quixote+Do, 2022.

100 p.; 13,5 X 20 cm

ISBN 978-65-86942-53-8

1. Poesia. 2. Feminino. 3. Literatura brasileira.
I. Fernanda Augusta. II. Título.

CDD 869.91

Elaborada por Bibliotecária Janaina Ramos – CRB-8/9166
Índice para catálogo sistemático
I. Poesia : Literatura brasileira

Nesta edição, respeitou-se o Acordo Ortográfico da Língua Portuguesa de 1990, que entrou em vigor no Brasil em 2009.

Revisão Flávia Figueirêdo
Capa, projeto gráfico e diagramação Caroline Gischewski
Conselho editorial Alencar Fráguas Perdigão
Editora responsável Luciana Fonseca Tanure de Castro
Editor João Camilo de Oliveira Torres
Assistência editorial Sofia Rossi
Comercial Cláudia Masini
Redes sociais Claudia Brandão
Tecnologia de informação Alessandro Guerra

Rua Alagoas, 1270 – Sala 304 | Savassi
30.130-168 | Belo Horizonte | MG
editoraquixote@gmail.com | (31) 3141.1256

@quixote.do /quixotedoeditora /quixotedoeditorasassociadas

No princípio era o verbo e a perda que habitam a carne. Como um parasita, o verbo quis fazer da carne uma morada toda sua, porém Ela resistiu e insistiu, há um limite. Um limite obscuro, cujas linhas pouco claras não nos é dado conhecer. Há, contudo, um tecido que mantém unidos por um fio o verbo e a carne. Fio do Logos, aquele que costura sanidade e loucura, angústia e esperança, claro e escuro.

Ela quis saber a agulha que fez a costura. Isso pode doer. E dói. Sem costura, todavia, não há ser nem amor.

Amor. Palavra insondável, não se explica nem se entende, apenas se vive nas próprias palavras, significantes.

Palavras que fiam a vida e a morte, a fruição e a perda, que confiam no Outro, mas que não conseguem nos fazer saber o que esperar Dele.

Na contradição poética de um feminino universal, Ela é encontrada em um eólico redemoinho com seus círculos mutantes a contornar o vazio, de cujo imaginário centro brota a força real de um movimento.

No caminho de a-(r)riscar, para des-cobrir as telas que pintaram nEla, voam as palavras que contornam a força do vazio.

Ela é uma, e são muitas. Semblante de dizeres, silhuetas, lágrimas, risos, cabelos, contornos e unhas vermelhas. Ela ou ela mesma?

Fernanda convoca o leitor, o faz entrar no texto. Analista? Testemunha? Outro do amor? Não importa. Ela nos lembra que sempre estamos no texto, que não existe dentro e fora. Estamos aí, no tempo.

Tudo no seu tempo. Se houve um princípio no qual o verbo esteve, há que existir o tempo.

Tempo dos encontros e dos desencontros da vida, do sexo, do amor, da morte, da análise, da palavra abatida em pleno voo.

Tempo para ver nas imagens, nos cheiros e nas vozes o início e o fim, os desejos e os equívocos daquEla que quer ser, mas que falta.

O tempo da vida é o presente, Ela, porém, se escreve no pretérito, perfeito e imperfeito, entre o Beethoven da contemplação e as formigas da insônia.

Ela partiu dos verbos pretéritos e seguiu para os presentes. Até surgir um mais-que-perfeito: Ela quisera não se ser. Desse tempo em diante, mudou.

As palavras se tornaram poucas, não são mais tão necessárias, pois nem elas se são. Estão no redemoinho dos significantes, dos nomes.

O Feminino possui muitos nomes, um deles é Fernanda.

Vamos com Ela na a-ventura de uma análise, desconstruir os saberes nas palavras de uma vida que resiste a toda significação. Não há verdade, há infinito e solidão da palavra na análise.

Algumas palavras se carregam no bolso, outras se escondem na valise. Algumas se enviam em cartas, geralmente roubadas, outras se casam com a alma. Todas são verdadeiras.

Afinal, análise também é uma palavra e a transferência pede invenção.

Palavravalise.

Palanavrálise.

Amor é também invenção da palavra, mas tem *a*.

Para Ela, não mais a palavra vazia, mas o vazio da palavra.

Ali foi onde Fernanda colocou a semente junto com o *a*.

Gesto colocado em letra, convite a ler.

Hélio Miranda

Je ne sais pas qui je suis.
Vous ne savez pas qui vous êtes.
Elle sait qui elle est.
Nous nous sommes vidés,
Nous sommes restés dans un silence agité.

De que serve a palavra, a letra, quando não encontra espaço para existir? A linguagem é sempre errante, o discurso se embaraça, tropeça na vírgula, se faz irresoluto. Transforma-se em dança, baila nos buracos de cada um e, assim, Ela percebe que, o dito e o não dito não passam de uma literatura nômade que insiste em encontrar alguma fixidez de um significante, presente em suas próprias novelas, novelos de lã, macios, porém rígidos quando o nó com agravo, desagradável aos ouvidos, transmite o estorvo do desencontro. Nesse espaço quadriculado, com os rodapés hirtos, nada resta de ternura, apenas um Não com alguma agrura que a convoca à uma espécie, extravagante, de amolgadura. Os tetos a olham de cima e avista, daqui de baixo, ausente de um corpo tímido, o audacioso caráter das palavras silenciadas de um rosto mudo. Mundo desafinado, ruas desavisadas, sujeitos levianos que suturam o humano mavioso. Andrajoso em sarcasmo insidioso, logo, pedregoso. Sujeitos que gozam do gozo que de saboroso apenas há o mordaz amargor asqueroso. Resta-lhe a sua doçura, aquela ternura preservada, para um novo livro sem capa, para outros sujeitos apropriados de suas falas faladas. Há que existir, cada letra pintada, desenhada. Não confundam-se, é a palavra colorida, cantarolada, não des-denhada como um dedo indicador em direção ao nada, oprimido no vácuo da voz calada. De Mona-lisa basta o quadro de Leonardo da Vinci.

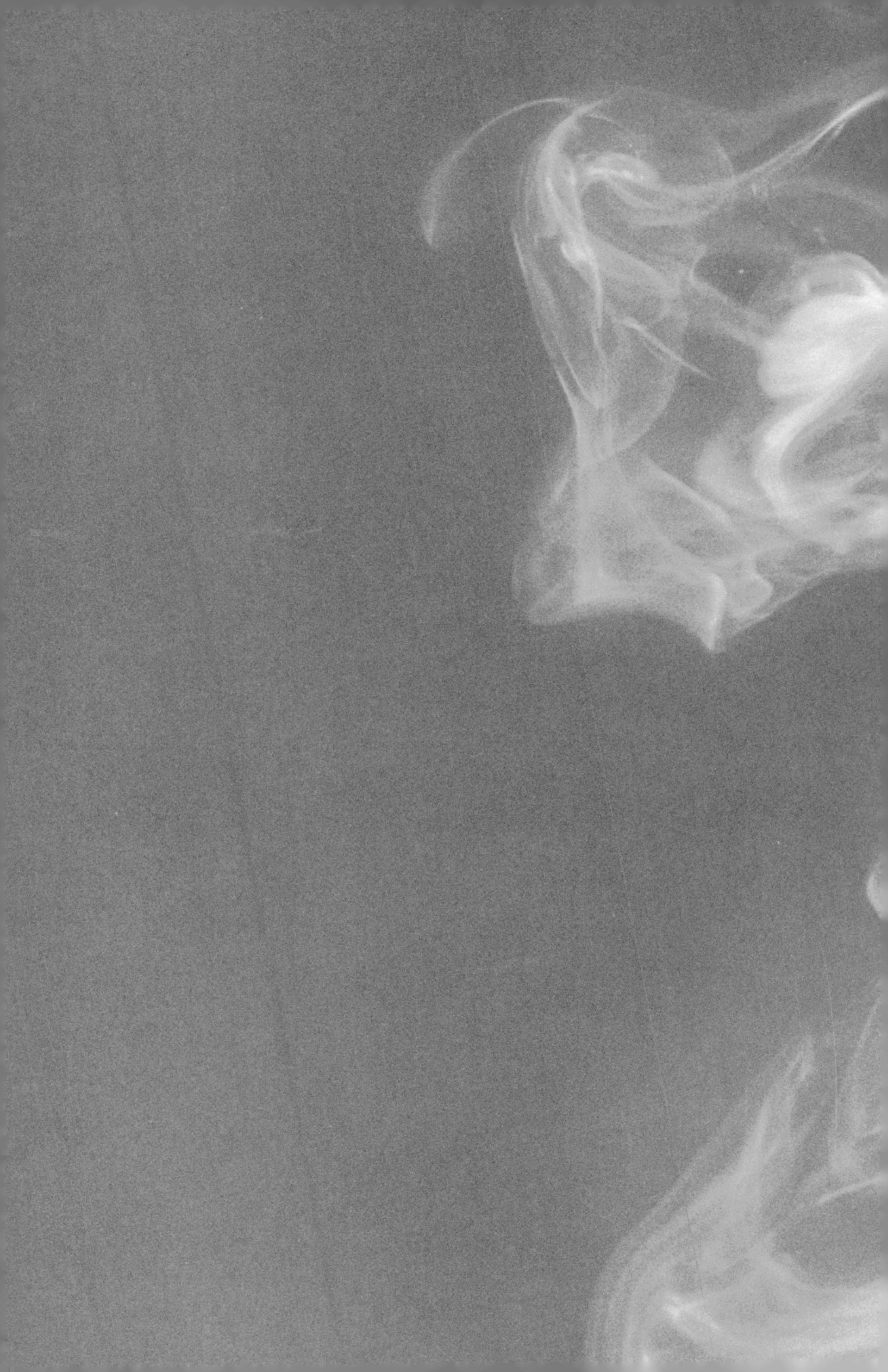

Ela perdeu. Perdeu 50 papéis em anéis de tropéis. Lá estava a sua verdade, onde agora se encontra? Do outro lado do muro, em mar profundo, distante em desuetudo. Prosseguir em deserto agora é o que lhe resta, avistando apenas uma fresta inclinada na sala de estar, pois as outras não vieram para ficar. Foram voar para bem longe, e Ela aqui, a retificar, a desmistificar.

Ela entrou. Avistou um corpo esbelto. Não sabia quem era. No breu que pairava, pouco descortinava aquelas formas que a observavam também. E, então, veio o cheiro das rosas, mas paralisada permaneceu. Quem era aquela linda mulher? Tantas curvas, cabelos longos no escuro que se depara apenas com as bordas. Então descobriu: era a sua própria sombra.

Ela soube. Sim, eram duas; são duas. Dois buracos implícitos. Olhares inebriantes, desejos desejantes, toques ofegantes. Dois sujeitos, duas jovens, duas mulheres trançando a transa que percorre os contornos de cada ínfimo buraco que se abre no mistério de existir. Dois corpos dis-juntos em trajetória excitante que legitima os movimentos da boca, da língua e daquela que, jamais inócua, se presentifica: a linguagem. Corpos que bailam no escuro, pele sob pele, um breu não mudo nos ruídos em nada arrefecidos. Transa transada, gosto da verdade: gozada.

Ela vive. Existe no universo falível da escrita. Aquela que entrega signos de si, letras arrombadas na perda, palavras ao vento, jamais em relento. Uma escrita inesgotável, ársis capatazes, bordada nas linhas desconhecidas e no mistério lúgubre. Fúnebre entrega, redigida à deriva, ausente da lente contemplativa ao outro, evasiva na tecnologia disruptiva, veloz como uma locomotiva. Perdera um filho; dia pós dia, em ato denso suicida, entregou os seus escritos à morte da vida.

Ela viu. O Cristo de braços abertos a acolher este mundo imundo. Como pode tanta estima a uma estátua assim? São braços sem aço. Enquanto, então, as catástrofes, o Vale, os queimados, tantas mais. A solitude se faz presente, o homem no carro a bater as mãos em solidão, a moça a falar sozinha, o rapaz a sonhar tão-só na esquina. São braços que abraçam as desintegrações de cada um, as perturbações que assolam a existência, nunca em tempo algum a sobrevivência. Braços que ficam no retrato, no registro mudo sem ato, nos farelos dEla que restaram. É um fim daqueles taciturnos, mas um começo do desconhecido que convoca a mais signos em registro.

Ela soube. Ele escolheu outra vida, pois essa o matava dia pós dia. Era uma existência tétrica, opaca, era nada. Uma vida aqui seria larga, mas, a interrompeu, juntos aos seus, na coragem de uma nova viagem. Viagem desconhecida, sem saber se vívida seria, na ciência da cova funda e de si perdida. Foi-se, confeccionou e endereçou, em soltura, uma carta em demandas, curta em ressequidas mantas e plantas. Era o seu direito ir, era o seu desejo despedir.

Ela encontrou. Caminhando em direção às escadas, aquelas que sobem e descem, atravessando o corpo esbelto, mas desintegrado na perda do belo. Subir e descer, pular, cair, desabrochar, desamparar. São as escadas que cada um carrega em si, mas Ela ficou a obsedar o lirismo nos degraus lá do alto e foi assim que descobriu, colocou as mãos no bolso e encontrou: uma moeda, a moeda solitária, aquela moeda sem pernas que ainda desconhecia as escadas da vida em estado lasso desprovida em dívida.

Ela sabe. Viver é para poucos. A maioria, em multidões, segue no freio automático que a vida exibe. Explicita os desencontros, os prantos em solitude, o sorriso no semblante, sem beatitude, em longitude. Sobreviver é um ato ilícito, desprovido de ar, em lassitude. Viver é conferir a chance de saltar de paraquedas sem saber onde será a queda, no estrangeiro desconhecido, no chão incógnito obscuro. Viver... oculto se faz, sobrevier tão pequenez a morte executar.

Ela chegou. Deparou-se com o corpo engravatado, esbelto e penteado, gelidamente nas mãos, no chão daquele caixão. Tocou os dedos e sentiu o silêncio taciturno, o choro de Saturno em soturno. Estarrecida ficou; a morte é gélida como a idade decrépita de uma pedra. Observou ao redor, tinham flores, adereços de despedida, despida de alguma alegria; abolida estava a vida.

Ela sabe. A vida é como uma roda-gigante, girante da cabeça aos pés, na falta que se presentifica nos hiatos da colina. Olhar para baixo entrega vertigem, olhar para o alto inflige a origem. São voltas, por vezes tortas, apagões sem lugares nos vagões. Não há como escapar da roda-gigante, Ela gira junta a esta, na intrepidez de não apenas sobreviver, mas alguma vez, ainda em contiver, visceralmente viver.

Ela soube. A vida é como uma mola. Ora rola lá, ora acolá. São corpos bailantes em traços costurados de trapos. A mola, de um lado apenas, estagnada faz-se vida mortífera, ausente de estratos vários, presente de caras tropas, aquelas de guerras, gente paralisada em forno de pedras. A mola em movimento está do lado de fora do convento, no tempo fora do tempo, na tenda a ir e voltar, nos pés, em calos, caminhar. É a mola... rola, rola, rola... Pandora.

Ela re-conheceu. A verdade de cada um é uma, seja tétrica, insolente, inadimplente, até mesmo água ardente. Verdade que castra e atravessa o corpo dolente. Verdade invertida com signos em sonhos desenhados, abandonados no desamparo desafinado. Ao final, a verdade inexiste, o que resta são os restos tecidos em malhas de vidro, transformados em resíduos. Verdade... Ela é apenas quimérica lá, não há em seu olhar, existe tão simplesmente no abismo, na falésia do profundo oceânico de um mar em alourar.

Ela fez. Fez plágio de si mesma, a caminhar em ida e vinda, na trilha da cópia vertiginosa. Com os pés no chão, não sabia de outro lugar, observava a noite estrelar, tantas estrelas similares, algumas jugulares, idênticas coangulares. Fenda trancafiada no escuro do céu, verdade existente lá de cima, na delicadeza do brilhar a iluminar a sua saída, saída para entrada em si mesma, caótico encontro no luar das ruelas que contam um conto. O conto de si, o plágio dEla, era um fim, interrupção a termo, em marfim, alfim.

Ela observou. Tantos passaram e sequer avistaram. Era um azul, azul oceânico que revestia os contornos dorsos, desatentos do corpo. Um azul que iluminava aquela avenida, timidamente aparecia, mas Ela viu, registrou o momento do tempo selvagem que a despia. Era apenas uma calcinha.

Ela tem. Tem segredos que não pode revelar, segredos segregados no fundo do mar, não são expostos em moldura sacra na sala de estar, são como uma foto em preto e branco aos prantos que se entrega por engano. Segredos são um lar de multidões sem ar. Segredos são vozes mudas, em vida aqui dentro, em morte, um veneno. Segredos... fala muda, silenciosa, também graciosa, mas sílabas guardadas, enterradas debaixo do lençol de finas fibras costuradas em vela de libra.

Ela soube. Conversou com todos eles, aqueles que portam uma sábia sabedoria da vida nua e crua. Em cada esquina, uma família, em cada ruela, uma malha trançada nas traças da vida. Ficam ao relento do tempo, derretem sob o sol, desintegram sob a chuva. São seres malogrados, às vésperas da morte. Pintam o desenho das ruas, ocupam o espaço da busca, busca da dor, da moedinha como um ursinho de pelúcia. Poucos oferecem um "bom-dia", quase ninguém os percebem, mas Ela, sim, entrega o amor que tem dentro de si. Ficam também na portaria da padaria, mas não pedem pão, pedem aquilo que, para quem entrega, refestelado fica em vão. Uma realidade atroz, dispersa nas ferragens que os levam a cada ponto das alamedas desnudas. Ferrugem se faz, deles em nada atrás, são sujeitos que conhecem mais da vida do que Ela e você. Sujeitos aclamados na perda, censurados na telha de plástico, desvalidos, desamparados na sua legítima verdade, em ato.

Ela atende. Uma ligação após outra. Escuta as mazelas sem tela, advindas das ruas desertas. São dores sem flores, são lágrimas escorregadias na fala, são angústias estacionadas no vazio do nada. Ela acolhe cada letra falada, cada grito arrefecido, cada silêncio estrelar nos becos sem tino. Um espaço para falar, um estrato para jamais ouvirmos, mas escutar; escutar do outro lado da linha, aquela que entrega a verdade do sujeito que liga. Não há dia, tampouco horário, há apenas entrega no ato. Discar 188 pode ser a descoberta de outra saída, o desabrochar de cada linha que a você, quem liga não mais desatina. Ler as entrelinhas, se desejar, pode apenas pedir, emergir na verdade de você, pelo CVV, para ti uma estada, uma entrega por tantas vias.

Ela chorou. Foram as palavras dele, a cada letra um grito, a cada sílaba um sanguíneo risco, como se Ela ainda de rojo caminhasse, ausente de enlace. Foram traços amolgados à verdade dele, trovões e raios que, ainda que desviem e tão-perto somente das sementes dele, Ela os carrega. Foram cortes ininterruptos que tentaram varrer a verdade dEla; uma dor ausente de lirismo canônico, presente de rasgos de sul ao norte, sem reporte daqueles que impedem a fala, que paralisam a entrada, passos estreitos na elegância que somente a morte contígua entrega. Dores sem flores, ardor de dentro do caixão em carvão que não confiscou qualquer asseveração. Não é preciso portar a verdade aclamada em traças, é possível desqualificá-las, porém, jamais esquecidas, pois foi como uma tentativa malograda de roubo de uma vida. É um Pai... na ausência presente, em cais.

Ela esqueceu. Esqueceu as chaves que abrem as portas de marfim, porta que portam segredos em clarim. Idiossincrasias de uma roda para apenas abrir, para deparar-se com a sua própria imagem coberta de terra lá dos confins. O que teria por trás de cada restrita fecha-dura que sutura a pele bordada nas ruas? Ela não sabe, está por detrás das portas; Ela ficara de fora, produzindo um sono que sonha as fissuras de lá de dentro, um destino, em distância, opulento. Convocou aquele que rompe no ar(r)-olhar de mais um segredo, daquilo que é encoberto, espaço ínfimo, entre e fora, que se faz um enredo paleolítico. Eram apenas as chaves que permitem movimentar a lingueta da linguagem, em sua ausência se constrói um enclave em agave, entrave con-clave.

Ela queria. Queria estar conversando com você. Queria estar falando de suas próprias mazelas, daquelas que atravessam a tela. Queria estar sendo escutada, mas agora é tarde, já são 21h. Queria falar do que não fala, queria chorar o que guardara. Queria dizer, sem vez de ser contrariada, queria soletrar a idade sem data, mas não, não é possível, então Ela se recolhe em seu canto, aquele do pranto e aguarda, aguarda até o dia e horário fixados. É preciso marcar na agenda, é preciso reservar, não há entrega sem datar.

Ela andava. Andava sob dois pés e duas rodas. Não sabia para onde iria, seu destino desconhecido era, longínquo se fazia. Observava ao redor, encontrava resquícios do solstício, enxergava as flores mortas de dores, o capim roído, pedregulhos revistos naquela manhã de frio. Era gélido o tempo, o vento voava em sentido para um convento. Convento desperto nas pedaladas da falta, nas direções do guidom ausente da fala. Experimentava o silêncio falido, a mudez corrompida, a existência da ida na contramão da caminhada no chão. Não o sentia, somente aquelas podiam rastrear e rodar no vazio do andar, andar de bicicleta, era esta a companhia dEla em tralhas, estava conduzida, em tempo algum, Ela quem se transportava, turvara.

Ela assistiu. Assistiu com os olhos de primeira vez. Olhos ávidos, intrincados e intrigantes diante da tela que revela o toque fumegante por mãos litigiantes. Assistir com o primeiro olhar na ausência da repetência, no fulgor da excelência. Escutou a musicalidade que faz contorno a cada cena obscenamente ataviada que se fixa na memória tão vasta. Cenas e música arrevesadas na trilha de cada personagem mítica. A vida das telas assim se faz no desabrochar de, mais uma vez, assistir a vocês. Projeção cinematográfica em longa-metragem que se passa em cada ato, em cada palavra. Carol: assistido e repisado por Ela, descoberto a cada vez em espinela. Carol... O farol de racealfatocoferol.

Ela saiu. Saiu de preto, enlutada, para pintar as unhas de vermelho. Uma cor corpórea, a qual carrega o seu próprio corpo que faz contorno e desenha as linhas em mofo de um broto. O vermelho escorre por entre as vértebras e delas faz parte uma janela, aquela que, diariamente, convida à vida, porém quando o vermelho escasso se apresenta, não há existência, há lenda, sem prenda. Lenda que se funde às vicissitudes lúgubres do existir sem tenda. Sobr-existir apenas, em código repetente, em brisa contingente, em opacidade lancinante, em rubro à íntima porfia, vigorosa amorfia. São as unhas, pinceladas de vermelho, cromatizadas no desejo, trançando a traça desta latrina no deparar-se com alguma vida. Vermelho... Enredo...

Ela soube. Morte declarada como uma orquestra em desafino, finada. A morte revela aquilo quem é dEla, em um piscar de olhos, o autoextermínio facultativo. Foram embora as letras em roupagem nua e crua, nas ocorrências em eterna pendência. Precisou despedir-se de preto, porém em gravata borboleta, obsoleta. Ainda sonha com a fantasia das letras, na esperança, em dança, que a visite em abastança. Pelos córregos deslizam as sílabas, em meio às chuvas o sabor salgado da fila, fila para a morte, fila para a vida, assim segue, em vertigem timidamente lívida. Caminhar nas ruas não há sorriso nenhum a entregar, resta o resto do desconhecido, intimamente, em cacos de vidro.

Ela encontrou. Aquele era o tempo dEla, do telefone rodopiado e discado, das cartas enviadas, dos gestos delicados, dos olhares antepassados. Um tempo que inexiste em sua avançada tela que revela quaisquer rastros dos passos dEla. Desejara estar lá atrás dos abraços excentricamente refinados, dos sorrisos timidamente disfarçados, das entregas em passar-elas na sutilidade da intrigante verdade da apagada vela. Não é possível voltar, mas exequível sonhar. Tempo que se vai, tempo que se foi e Ela, por esta travessia. Não caminhou. Restam as fantasias, aquelas que guardam o segredo do inusitado, que desabrocha em seu único e singular legado. Foi-se o tempo já morto, há de vir outro, sem temer a Sua vez.

Ela assistiu. Uma conquista sem vista, uma sedução em tão singular ação. Um delicado olhar angular, um sorriso tenro, um toque ligeiramente denso. Uma tentativa de capturar a versão do outro, exposta em pedra degular. Uma entrega dos anos de 1960, em água benta, sem a fazer escorrer ou derramar. Não houve o mergulhar, preliminarmente, mas o retorno do denso e breve olhar, aquele que diz, aquele que rasga as almas, em sedução, imaculadas, tão alvas.

Ela viu. Eram sete mulheres desconhecidas, apenas confessadas nos olhares lancinantes de platina. Cada uma portava, em si, os raios de clarim, os movimentos vistosos em cada passo belamente refinado. Eram mulheres seletas, corporificadas na água que jorra a linguagem, aquela falada. Em campos nevosos, caminhavam frente a frente, lado a lado, acolhendo os pontos brancos nevados, os quais aditavam à passar-ela de cada uma delas. Eram sete, sete escapa-delas, em verdeio cinzento ausente dEla.

Ela descortinou. Observou à distância os grupos em marcha, como as formigas, em bloco, coligadas. Eram grupos sem farda, apenas uma vez ao ano, em andança levemente atordoada. Silêncio abrupto, intermitente, sem velocidade sob o sol ardente. Não havia dispersão, tampouco colisão. Tantas facetas, de tantas ordens, desde uma princesa até uma rara espécie de ali-goté em dores de esterco, cheiro de um terço. Terço sem reza, aquela dependurada que fica na janela, sem acesa vela. Atravessou os grupos apenas para avistar, através da lagoa, o fundo. Funda que guardava o glíter que recebia as folhas que voavam de perto por onde os grupos transpassavam em metros. Estavam em frente ao parque, mais um lugar das idiossincrasias em criatividade. Alegrias disfarçadas, saltos em estrada, olhares antagônicos, pois ali não era a fidelidade, alguma legitimidade, eram apenas as tendências de uma fraude, embustice quimera, idealidade colérica. Carnaval... lá detrás do quintal; um anzol, instrumentalmente experimental.

Ela desistiu. Desistiu de ser a única, primeira, singular, uma semana atrás, não seria possível. Almejava ser tudo quando, em verdade, nada era. A fantasia desmoronou, o desejo se esfacelou. As suas palavras foram decisivas para essa escolha, as suas letras fizeram de mim uma decisão, as suas sílabas, uma determinação. São escolhas que a vida nos convoca a fazer, seja por "a" ou "b", nesse caso foi por "c" [ser]. Adeus a mim mesma, adeus àquela que te visitava em sigilo, àquela que mortificada traçava o seu destino, hoje é outro, desconhecido.

Ela viu. Viu uma fumaça inebriante em dança viciante. O caminho dEla se fazia por todos os cantos em silencioso cântico. Era uma fumaça graveolente, daquelas que alcança qualquer sujeito que por ela atravessa. Uma fumaça que as vistas embaraçam na transparência espessa e opaca. Aos poucos some, desaparece junto ao azul do céu, em contornos que alcança Bornéu, porém faz parada em ilhéu. Era apenas uma larga fumaça vinda tão somente de um tabaco em sua anelação, voando, em sopro, como um patagarro em amarro.

Ela sabe. A vida é para a-(r)riscar. Caminhar por onde não há, voar sem as certezas, sair da gaiola que impede o viver. Como um andarilho no destino desconhecido, atravessar as ruas sem saber para onde ir, des-cobrir as telas que pintaram nEla. A-(r)riscar é um não saber, é assistir ao vazio, se deparar com os desencantos líricos. Desentender o ato estupefato, a verdade despida da vida. Viver é isso, a-(r)riscar, mesmo quando não puder, mesmo quando o rato, em suas vestimentas, roer. A-(r)riscar; uma história rabiscar.

Ela perdera. Perdeu um filho, o caçula. Encontra-se em luto profundo, assustada, aterrorizada, assombrada, pávida. Como perder assim e prosseguir? Dizem por aí para seguir em frente. Não consegue, está estagnada, paralisada diante da tragédia dessa perda. Perder um filho é perder a própria vida. Perder o alto, perder o chão, fanchão, Ela está em deterioração. Seguir adiante é caminhar sem um, único, desistência da existência que aqui dentro se faz caótica. Ótica torta, inclinada na parede do quarto, aquele que guardava as suas vivências, intensas. Seguir... Seguir sem fio condutor, sem saber alçar novo voo, sem desejar existir. Existir é para poucos, seria agora para Ela? Não, não seria. É um fim, fim de flor de lis. Ainda tem alguma flor, diante de tanto horror, perfumada, acesa e proclamada. É isso, segurar a flor, mesmo em tão densa dor.

Ela recebeu. Recebeu de presente uma palavra abatida em pleno voo. Um estimável presente reificado, daqueles que permitem nascer depois de tanto adoecer e morrer. Estava morta, deitada em escolhido próprio caixão, como o chão monólito que atravessa os grãos vindos da caminha-dura em vergão. É preciso morrer para re-nascer, para escolher as pedras que sob elas erguida será. Hipostasiar, uma lembrança da adultez em infância que tão somente só pode apagar, para, então aqui, com você, leitor, despertar.

Ela ouviu. Eram dois corpos franzinos entrelaçados, despertados pelo desejo de um ato. Ato percorrido por cada via corpórea, por cada traço refestelado sob lençóis que protegiam os segredos de um só. Segredos que abrigavam os sons em largo áudio de um ápice gáudio. Era um prelúdio que se escrevia, em notação musical, quando as vozes de latifúndio se fundiam no quartinho de um quintal, porém existia apenas a verdade de uma voz, outrora era a íntima ludibriada tonalidade que cantada persuadia. Revelou-se mais tarde como um brado rumor malogrado. Era apenas um que experimentara o orgasmo, o outro sujeito permanecera assujeitado. Orgasmo... Um lugar do qual não se deseja despedir, mas há de partir, em inclin-ação oblíqua, di-vi-dir.

Ela foi. Foi escutar as mazelas que dependuradas ficam, pingando vermelho, no varal que secam. Varal como um anzol na tentativa de pescar ainda que esteja sob o sol. Escutar as dores que destilam as angústias existenciais ausentes de contornos que a vida não traz. Desmistificar as ausências da fala, singularizar o silêncio mudo que grita por algum conduto. É a catarse da presença presente em desabrochar o signo faltante no momento triunfante. Acolher as vicissitudes que derramam por todo o lado e alagam aquele espaço sem bordas, daquelas que ficam voando, no entra e sai da janela. Abraçar o dorso em senti-nela de uma garrafa de água límpida, após a escuta dEla. Concede viva à vida de cada um que chega para desconhecer as incertezas pairadas em si. Escutar... Um movimento sem ar, pescaria funda em dúvidas, há de haver avidamente alguma existência vívida, em ligamento de anzol pérfido, que pisa dia após dia.

Ela estava. Estava imersa naquelas águas límpidas sob o sol que tanto temia. São as águas que condizem o corpo, que o carregam conforme cada dorso na correnteza que bailava sobre Ela. Águas azuis, onde pisava aparecia, em reflexo, esse céu azul, sem sons, sem multidão, sem quaisquer pisadas em vão. Era uma raia apenas, aquela que rasga o movimento de cada perna, a respiração afogada guardada, o olhar intimamente brilhava. Brilho de luz aguda que resplandecia, na limpeza, o descartar de cada susto às avessas. Era apenas uma piscina de raia rasa, daquelas com bordas a proteger a malha fina. Nadar, tanto nada-a-dar quanto respirar sutilmente o ar. Foi esse o ato, com aros, resplandecentes em nada amaros.

Ela sabe. Não seria permitido um encontro em escuso, fortuito na delicadeza entregue ao vazio do nada. Um encontro a duas, refestelado no vinho tinto no labirinto analítico extinto. Não existiria nenhuma autorização do ato de exclusão da verdade guardada por décadas desarrolhadas. Um encontro que entregaria o infinito do olhar em registro na neve escorregadia que cairia sobre nós, não mais eu e você. Nós... São os nós que convergem a procedência do analisante, aquele fragilizado diante da figura fictícia do amado. Reitero: são os nós, desatados ou não, porém em estrutura algoz em condições de liberdade para a dita ser, sem temor, em facultativo ato de herdade.

Ela recebeu. Recebeu um convite audacioso para visitar o palácio. Escutar de um Deus que requer dinheiro para crer que qualquer sujeito será salvo da vida caótica em plano terrestre. Ela pisa em terra, contudo uma terra distante de lá, do lugar que declama, que chora a gana, no intuito ludibrioso da salvação deste mundo, indecorosa-mente, torporoso. Ouviu ao telefone todas as condições e muitas confissões daquele que já se considera inteiramente são diante das crueldades distribuídas em pão. Farinha mágica fora à Ela oferecida, trajetória larga e abundante, quase convencíveis, uma vez que Ela em si encontrava-se perdida. Quase foi, quase; na esperança factível de resgatar tudo aquilo que fora perdido. Ele precisou morrer para ressuscitar, pensava Ela que também precisaria falecer para germinar. Um palácio, tantas dores, decorosamente sem pudores. Escolheu não ir, decidiu ficar e plantar aquela semente que dia após dia lhe entrega um verdejante olhar.

Ela entregou. Entregou o mal-trato com o próprio re-trato. Não se recorda, foram afetos registrados por todos, embora Ela não se lembre sequer de uma sílaba. São tantos afetos que giram em velocidade da luz como em um *pinball* sem cruz. Crua espontaneidade, ausente da delicadeza que sempre presente estivera, mas que, por um largo momento de deleite invertido, se movimentou no ar-dor do cadáver de uma flor. As palavras afetam, lesionam as partes partidas da onda da vida, elas contristem, aferem a falta, inevitavelmente, instituída. Falta faltante, eterno alevante.

Ela aguarda. Aguarda os passos como folhas secas que por lá passam, cotidianamente. São passos pisados, despidos como dentro de um aquário. São peixinhos a nadar, todas as modalidades, na tentativa da verdade pútrida alcançar. Passos que passam de lá pra cá, que re-velam a luz desvanecida, capturada por um olhar. Passeiam por essas pisadas, cinzentas claras, obscuras, sem data. A cada passo um outro, a cada encalhe do dorso, silêncio sob o fogo. Fogo que queima, que aumenta, fogo que amamenta. Fogo que destrói as lembranças da infância, aquelas que entregam nesse espaço o traço traçado, embaraço, sem braço. São pisa-delas acocoradas no rastro sem vida, óbices sem vela. É apenas uma alfombra com desenhos expostos e desenhados por cada olhar em descompasso. Ela enxergou... Uma caveira; encadeamento das palavras sem freira. É o tapete... Alcatifa a resguardar os passos de entrada de cada bilhete banquete. Ela caminha. Caminha por entre as vias escuras, pelas ruas estrambóticas que causam a ela alguma verdade exótica. Verdade que cala, silencia o olhar da fala, se ausenta na integridade de uma farsa. Engano se escreve na partida do que se edifica, se personifica na ausência da voz, aquela, encaiporada, atroz. Há de ir para algum lugar, com capuz a se encabular, com trêmulo corpo, com a opacidade de um caminho doloso. Está perdida, sem saber onde encontrar vida, está, logo, então, a procurar. Procurar você, leitor, encontro em ausência, vertiginosamente, acompanhada da dor. Deparou-se, finalmente, sendo Ela mesma, não mais no que dizem Ela ser, no esbarro de um porta-retrato alcançou. Deparou-se... no estrondo arrefecido da inexistência de sentido. Ela... Donzela.

Ela escuta. Escuta diariamente as sinfonias de Beethoven, as sonatas de Mozart, as partitas partidas e cânones de Bach, bem como os prelúdios em cone, diretriz de Chopin, altimetria, em hipsometria. São ouvidos musicais que se deleitam em notações ancestrais. Escutar a vida musicada, a morte intrincada, a experiência de ouvir a cada vez diferente se faz, uma vez após vez. Não há imagem, apenas as fantasias longínquas que se conectam com o despertar de cada nota, de cada harmonia em horta. São sementes germinadas para, após ouvir, ir até o piano e tocá-las. Um toque diferente do outro, cada estilo se faz, na memória daquEla que, em outros tempos, por dez horas diárias, estudava e não deserdava. Existe a saudade? Não. Existem outras verdades que tão somente o repertório é capaz de, em segredo, manter nos palcos da insensatez lá detrás. Há de ser como agora, em vetustez que revoga as lembranças dos agradecimentos e correr, sim, quase de rojo, mas correr. Encerrar, remercear e descer as escadas em alta velocidade, no constrangimento da fantasia de dentro. Tocar... é apenas um piano, com suas teclas em preto e branco, com os três pedais, com as mãos tremedais. Ela toca... fora da toca, do lado de fora, deslizando as mãos por entre as teclas do perdão. Perdão que não se põe a termo, perdão enquanto sujeito, pratica-se a si mesmo. Chopin… É o que melhor entende as dEla, esbeltas mãos, essas são dele, em tempo nenhum, escutar um não.

Ela ouviu. Ouviu por aí que é audaciosa, daquelas que passam por debaixo da porta, que abrem o baú dos falecidos e das mortas, que diz algumas contrárias veracidades impostas. Ela é audaz na criatividade infame, no sorriso que desperta a graça e a delicadeza no tatame. Caminha assim em vida, destemida, como uma ousada tímida que lhe transporta para o lado de fora. Lado das catástrofes funestas, das calamidades em desafortúnio, dos pingentes que pingam no breu do obscuro. Ser ousada é algo afortunado, contratado para aqui soletrar as letras que concebem a si mesma. É isso, ousada... Ela é beata ditosa, sem rodeios, com passagem de ida, sem volta.

Ela foi. Foi presa, amarrada e chicoteada pelas deformidades da vida. Uma vida morta, sem sons, ausente de nós, presente da cólera que desvirtua o desejo de viver em cortês. Uma vida como muitas, daquelas que se tornam mudas, sem olhares, sem verdades, parecida com a existência em essência de uma cafetina. São as desvirtudes que atravessam e fazem parada no corpo que já porta o nada. O vazio sem dor, o buraco indolor. Era a interrupção do vago, a imobilidade em paragem. Você, leitor, chamaria isso de vida? Ela, não. Era a própria morte na escolhida do caixão da sorte. Só há de velar, por algum tempo, o outro, existir, na visibilidade invisível, apenas porque cometera aquele ato invencível, um suicídio.

Ela procurava. Procurava no escuro alguma doçura que adoçaria o andar militar da construção que se perdia. Rigidez inflamável, fixidez, em algum tempo, adorável. Procurava sem fim, em meio aos corre-dores, às prateleiras, às bordas que constituíam a estrutura soleira. Ela desejava apenas um pingo daquilo que agradaria ao p(f)ala-dar, somente a pequenez de um pedacinho tão breve, porém, em outras décadas, ato ilícito. Procurou, procurou, procurou... encontrou! Era apenas um bombom em uma loja sem codinome, na qual a luz se sabe a iluminar como um méleo, em anel, se fez um paraíso em sabor de mel.

Ela obsecrou. Suplicou por duas sessões de análise por semana, a partir daquela que desarrolhava a linhagem. Distribuir as compostagens que fizeram dEla uma rolhagem indefinida, em grau parentesco ausente das graças divinas. Era preciso elaborar o luto, permitir transbordá-lo desde o fundo até as bordas que circundam a existência do furo. Falar na e da falta, de todos aqueles que restaram em linha morta no corte que rasga a impiedosa poeira que recai sobre cada um que aqui ainda respira em voz alta. São palavras, gestos, rugidos em requesto, silêncios daqueles que vêm de dentro, sem pairar alguma paz até a roda que, obsequiosamente, a si própria faz girar. Assim prosseguiu, insípida, com duas sessões, sem final, nas surpresas das comichões, tantos galantea-dores leões. Análise... é isso, sem tempo para finalizar, falar e elaborar, tentar, diligenciar, forcejar, legitimamente próxima de si ser, ver e almejar algum ângulo canonizado, em pequena haste de aço polido tecer, enaltecer. Por vezes, é preciso de mais, apenas para caminhar, tortuosamente, no despertar, até o próprio cais, tramontana, pol-ar.

Ela vive. Vive em um mundo repleto de cores que a maioria das multidões não enxerga. Um mundo com diversas tonalidades em preto e branco, infinitas possibilidades santas, também humanas e inusitadas de cores coloridas com um pincel de Monet, emoldurado em Tonet. Você está longe, não me percebe, continua a viver no padrão de insígnias que devasta a existência dEla. Foram tantas tentativas na transmissão ilícita que a atravessava, como saltar em um rio, de um lado para outro, sem experimentar os respingos que poderiam conduzir uma inteira floresta a nadar em flamingos. Você está aí, eu aqui. São distâncias atrozes, ausentes da contemplação albatroz. Os olhares não se cruzam, os gestos inexistem, há apenas a mudez do silêncio que entra e faz partida. Ela continua aqui a verdejar o seu, a você desconhecido, mundo sem fim nas singelas notas, no sopro, em clarim.

Ela espera. Espera ser percebida, a-notada no caderno de visita em escrita, visualizada em cada fissura nesse espaço soçobrado que a aclama, até mesmo, por debaixo da cama que inflama. Espera ser fotografada por seu olhar, desenhada por suas mãos, pintada, por ti, em tela angular. Ela espera... até mesmo por suas vistas longínquas, registradas na fala, sentidas na falta. Falta que se ausenta nas bordas de crochê, costuradas sem tecido cambrainha, sem vermelha linha que recobre o silêncio em ti não afetada. Impropera na espera, áspera na entrega, deliberada e, preferencialmente, coopera para imperar, re-frega, outrega.

Ela sabia. O contrário da depressão seria o oposto daquela voz muda, da escuta surda, as quais guardadas ficam como uma semente implantada. A voz que não grita, o som que ausente fica, o escutar que não concebe as estrelas do céu depredadas caírem no frio em trilhos empoeirados, nos rios em artifícios hipocondríacos como rodapés ainda não lidos. É como uma floresta nua, sem folhas, aniquilada por si mesma, escuridão solta enfeita, ausente da terra do chão em caminhada crua; cen(sem)-sura. O inverso se faz na expressão, no ato que culmina ao oposto da inexpressão. De-pressão, em declínio, um estado limítrofe a implodir, sem ninguém saber, sem si mesmo a experimentar a asfixia do sentir. Estado no qual tentar escutar se faz dos signos trancafiados em armário de baratas mais idosas que a própria mazela entrega. Ex-pressão, ato de fora da janela do quarto para germinar alguma semente a resguardar; escutar.

Ela ouviu. A senhora de uniforme entra e sai de três ônibus para vir e três para ir adormecer no quadriculado onde habita. Cabisbaixa varre a poeira de ontem junto ao capatázio que, na pia, por ação de um líquido, elimina as rasgaduras da comemoração em multidão. São pós que se entrelaçam, transformando o espaço ausente de deter-gente em cartapácio insurgente. São dois a lavar, atritar, retirar a umidade dos sorrisos discretos e das gargalhadas secretas, aba-(r)retas. Participam da festa, uma vez que esta se desliza para, então, cumprir ambos a missão. Ela mora longe, chega cedo, adormece tarde. Ele mora perto, chega cedo e contende com a luz das estrelas, com a lua sem avareza. Foi o fim do colóquio, aquele que despede das partes confabuladas em negócios. Uma profissão, uma determinação, para além dessas, do sujeito, a deterioração.

Ela soube. Aquela se foi, sua elegância desmantelou-se de outrora aprazível, entre nós, intransponível. Fez-se um silêncio impiedoso, absorto na ausência repentina ininteligível, contorto. Era uma mulher que se dissipou por entre as estrelas e lá em cima, no escurecer do páramo, no azul celeste, ficara. Permanecera invisível aos olhos de quem aqui em terra ficara, sem pernas, sem asas. Um descaminho em eclipse advindo do peculiar mistério agora em cemitério. Um significante que cai, uma perda se faz, uma mudez retórica sem letras, sem voz, sem olhar, desfolhar. Ela perdeu-se na dor da excêntrica falta instituída, abnegada de uma vida.

Ela avistou. Eram fios escorridos, escorregadiços, compridos como o largo pôr do sol. Fios lisos de cor branda, daquelas que transpassam o caramelo que esvoaça ao longo dos ventos das arruaças em larga praça. Um andarilho com as suas fibras entrelaçadas, a rodar em roda gigante, a caminhar na lua em seu princípio fundante. Eram extensos fios que guardavam os tormentos de viver aquela vida ao relento. Eram os cabelos... Cabelos sem trevo, sem o recuar da noite, em orvalho, sereno.

Ela experimentou. Era um verde corpo sólido redondo que continha um líquido opaco transparente e adocicava o dorso até a mente. Gélido descia, escorregadio por entre as fissuras do corpo que não mais o temia. A cada deglutida, mediante a lâmina que o cortava, uma ferida não mais se fazia, era doce que amamentava aquela cavidade inicial ausente de umidade, depois do jogo. Desafio que se interpõe entre aqueles que lá se despendem do calor, de uma batida e outra na bola que aquece a ventila. Era um coco com o seu esplendor recheio em remancheio, após cada partida, elegantemente no embate sem flor florida.

Ela sabe. O tempo passa, ele não para, não faz pausas musicais, tampouco ancestrais. O tempo é escorrido, segundo a segundo, no fundo do mundo percorrido por você, por Ela, como tinta em aquarela que desmantela a pintura em margens magricelas. Tempo que vai e vem, tempo solto a ninguém, tempo de volta jamais retorna, tempo adiante a cada linha circular de uma vitrola. É o tempo... aos berros, sem teto, adepto das águas que decorrem, jorradas de uma cachoeira ininterrupta, como uma mordida de uma crua fruta em escuta resoluta. Tempo... a-dentro. Foi-se; é, será; detrás, a-vante, capataz.

Ela está. Está pintada da negritude devastada, do negro que escorre por entre os dedos, do escuro fundo que transita entre o surdo e o mudo. Tempos invertidos das agulhas negras, aquelas lá do alto a avistar o chão repleto de pinturas em letífero refrão. Noite que vigia menos que o dia, larga tristeza que grita, em apostasia, a falta da fantasia. São as unhas negras, enlutadas na ausência presente da carta roubada. Aquela que dizia ser para sempre, carta que não chorava, carta que não mais lia, tampouco escrevia. Uma carta que extermina, já não pragmata, a letra que mata.

Ela assiste. Esta mulher sempre ajusta e granjea o laço enfeitado da fita amarrada em nó. Ordena que fixe e justa fique para asseverar a transferência durante o tempo em que Ela ali se encontra. Tempo de dizer o indizível, tempo de a-colher o imprevisível. A cada cruzada de pernas, mais uma vez para reparar a soltura que larga se faz. É um nó de um laço a escutar o que as paredes mudas e fundas recolhem dEla oriunda de si, despertada em tela de aquarela na janela. É um momento, breve, de um laço em ínfimo espaço, solto em traço de rastros da inquietude des-atenta flutuante à abstração de quem fala em barulhagem perante a escuta silenciada, consubstanciada. Laço... laço de fita em ato sem braços, co[n][m]-tato, são os nós que des-velam em dominós, queiroz, em tempo algum, algeroz.

Ela gritou. Mãe! Por favor, me mande embora de casa, me expulse daqui, deste retrete, me faça ir sem despedir, sem o meu livrete, em torniquete, sem molinete. É mais brando, menos corrosivo, mais concessivo. Alcançastes o nível do insuportável da minha presença, aquela triste, em desânimo, ausente de esperanças em profunda espécie de ignávia. Você clamou por boas energias, porém, bravura, em estado de aragem, em alto bambúrrio, muito infelizmente, neste momento líquido contemporâneo, nada disso porto na decência que me cabe. Não tenho o vigor, a faculdade de sair sozinha em própria autoridade. Falta-me coragem, aquela intrepidez para lançar-me para outro espaço, para outro lugar. Mãe é um lugar, expulse-me dele, propele-me daqui, eu vou, eu irei em larga insensata sensatez. Por favor, mãe, por favor, pai, me deixem ir, me libertem do tributo, do ônus que eu, inevitavelmente, a vocês, me fiz.

Ela perdeu. Perdeu uma amizade que iria iniciar-se. Perdeu por palavras sacras, interpretadas enquanto profanas, na ausência do olhar ao outro, apenas na presença fixa da dor que abatia aquela mulher e a transformava em única presença ausente no mundo, ao menos, naquele momento. Ela, a outra pequenina, foi descartada por esta, a qual, última, não soube reivindicar nada além do sofrimento e seu próprio narcisismo. Estupefata ficara Ela, sem mais nada a escrever, sem nenhuma letra registrar, sem quaisquer sílabas palavrar. Era alguém distante, Ela descobriu, tão longínquo de seu mundo, aquela mulher tão partida no julgo ao outro, sem fundo. Um muro se fez, construído pelos pedaços escritos sem largo espaço em terreno ínfimo. Doeu; tinha de doer. Ela acreditou na outra mulher sem antever. Um fim sem começo, um início sem berço, apenas o terço que bailava nas rezas por ela, já Ela, vazia ficou deste destino, que para algum cemitério velozmente voou. Essa mulher não entrou, apenas saiu pelas portas do fundo rotundo, moribundo e, então, Ela escolheu, diante do trágico furo, o estado mudo.

Ela sente. Sente-se um nada, um pontinho empoeirado, esparramado sobre o tapete da sala da analista. Encontra-se em estado de ronceirismo, escondida de si mesma, apontada por ela que A escuta. As palavras ressoam e fazem barulhagem, sem roldana, em rodagem como um tornado em tempestade por Ela que declaradamente fora escrita na legitimidade de seu âmbito, inalcançável por si mesma. Resta soprar o pó e acompanhá-lo para qual lado for, é um mistério, o secreto, aquele espaço que se comunica com o mais oculto de si, mas que respinga pelas pontas que aqui lhe escrevem, das pontas dos dedos, ausente em freio, mergulhada em si, em rastreio.

Ela chora. Chora todas as perdas que perdeu, bem como as que perderá, pois nada se faz eterno diante de si. O eternizado está dentro, porém apenas na nostalgia do que foi um dia e na ilusão do que poderia ter sido. Perder é assim, ocorre a cada segundo, escolhe-se banhar em sais minerais e perdem-se as águas límpidas do cais. A perda é um objeto transitório sem fuga, não se faz em escuso, aparece a cada minuto de frente ou de trás, mas circunda sempre o palavrar. A existência se faz na perda, inclusive de si, em si, jamais distante daqui. Você, leitor, também perde a cada letra lida, uma outra é perdida, o que fica? O mistério obscuro do desabrochar da linguagem que, no deslizamento, cai. Perder... um nome inevitável a cada um de nós, uma palavra, por vezes, atroz, uma saída para a entrada de outra saída e assim se vai... **P e r d e n d o**

Ela é. Sim, ela é o seu próprio Alcatraz. Como salvar-se de si mesma? Os registros idosos de sua estrutura de pé, há tempos não mais de rojo, a entregam aos furos dos muros que sorriem a si. Que alegria saber desses espaços escuros e com alguma ânsia de alcançar o fundo que abriga o mudo, transforma o grito no silêncio surdo. Escutado apenas por seus estratos mais raros, aqueles de outras peças, de outras cenas, algumas acocoradas na singeleza que nada fala, mas falha. Alcatraz... terra ilhada no deserto das ondas vendadas.

Ela pensou. Pensou que o mundo caberia em palavras, entretanto não existiria este sem elas. Ainda assim, não sabe como pôde ser tão vasta nessa doce e espessa fantasia, em verdade, casta. Não poderia ser tão larga, tão risível na sobriedade que transporta as estrambóticas esquinas, as quais lhe mostram a fotografia, em cada segundo, através da curta janela que transluz e a afeta no olhar que guarda os instantes do cenário entorpecido e transviado. Ultrapassa qualquer lance de vista ou paisagem campestre concatenada àquela primeira densa fantasia. Transborda a cidade, o espaço e seus andarilhos, como ela e você, em tela, fora da janela. Fica lá, perto e longe e encontra alguma forma de enxergar daqui, de dentro, antes de adentrar, mais uma vez, por sua amada Paris. Uma caminhada através da cal que corrói a parede que vende o lenço amassado, já tão úmido quanto as gotas que, sem pedir licença, transformam o seu corpo numa espécie lânguida de água escorrida, que inunda cada linha que a veste, sozinha, sem se saber dessa análoga vida nordestina. Atravessa um trânsito que a afasta de seus próprios engarrafamentos e a conduz, por fim, ao entusiasmo de si, em meio ao desarrumado que de nada sáfaro guarda, intrinsecamente, em si. Já em Paris, seu inverno em triz, aquele das aves em beatitude, retentriz. Paris... Parir... Um insólito espaço que faz nascer cada um que ali o visita. Vidas anômalas, em alacridade, renascidas.

Ela fez. Fez alguns convites. Quase todos inusitados. Muitos deles deferidos foram, já outros renegados. Recusados no semblante da condição de se ser insuportável ao outro, pelo que apenas esse outro sabe. Continua aqui, na beirada da estrada, fazendo sinal de carona, até que algum fusca pare. Espaço apertado que comprime os abraços na contrariedade dos afetos propagados. Fusca que ofusca a dimensão do olhar infundado, que recebe lugar nos assentos desesperados que oprimem o suspiro de um laço roubado. É apenas um fusca, do tamanho dEla, de si.

Ela já tomou. Já tomou de todos os remédios, até o resto. O sono não vem. Sufoca o sonho e em vigília a mantém com os olhos entreabertos e um zumbido fugaz, o caminho que uma formiga faz. Ela tenta subir e cai. Tenta, de novo, e, de novo, cai. É possível atravessar pelas bordas, pelos cantos que contornam esse buraco, o qual, em trânsito, vida e morte traz, outrora, como um capataz, por ora como um sopro vespertino no cais. As arestas se ocupam de suas marcas nos rodapés. Ela desenha os traços de suas patas, essas inscritas com vestígios de formicidas. Caminham em marcha, exibem a coligação ritmada sem que qualquer outra formosa formiga tenha expedido o mandato de, uma atrás da outra, seguirem um trajeto diferente daquele, pelo qual, exaustivamente, andavam em compasso binário. Um desfile dos himenópteros que, ao captar o olhar dEla daqui de cima, de baixo, de lado, de dentro e de fora, a faz sentir o formigamento que pertence a cada uma que passa por sua frente e por suas costas. Uma fila cada vez menor, diminuta. A cada queda, menos uma. As que restam insistem na mesma estrada, com o mesmo rumo, em direção ao buraco, destino injusto de toda formiga, o veneno de seu próprio átomo, um corpo fórmico, débil e magricela. Elas repetem, com alguma compaixão, o caminho de Compostela e a convidam a seguir com elas. Ela diz não, pois, só assim, consegue fazer companhia com o seu olhar e uma estranha admiração que desperta, nEla, um amor, talvez, maternalmente secular. Amor à formiga que sabe de seu cadáver, que percebe a sua destreza, jamais inócua, principalmente aos olhos de quem não a toca, apenas se encanta com a fixidez do enfileiramento dos corpos franzinos. Elas não precisam de formicidas, já carregam o peso opulento de serem insetos sociais, que se lançam ao abismo a cada milímetro da caminhada. Formigas. Ficaria, Ela, o resto da noite a obsedar o lirismo que, de vocês, se ergue como um átimo. Mas isso seria uma obscenidade tão sórdida que faria dEla um ser mais enegrecido que você, formiga. E, então, teria que se revolver a um estado tão primevo, anterior ao seu, quando Ela ainda andava de rojo e procurava por suas pernas. Parecia inextricável. Hoje fica de pé e você, formiga, ainda de quatro. Vê o que Ela não enxerga, carrega em si uma rapacidade infame, mas, que a ata lentamente no aprazer de percebê-la na crueza de sua beleza, na repugnância de nossas semelhanças. Na certeza friável de que, Ela e você, seguem em errância, com todas as outras juntas no mesmo espaço soçobrado e caudaloso na inércia das voltas. Ela é compelida a recolher a invasão de seu olhar e não mais fitar em ti. Do contrário, ficaria sucumbida em sua própria tentativa de não ser também uma formiga. Assim, não mais se permitiria enxergá-la daqui, do oitavo andar, nas paredes lisas e esburacadas que nos contam os contos de ser uma formiga. Um mistério incólume. Des-atina.

Ela é. É uma parte constituinte do véu que a cobre e esconde as suas vestes, aquelas que estão por debaixo do manto que a faz perante o outro. Ela é a velocidade da luz, inevitavelmente, quando acena para as suas vertigens dominantes da efemeridade ininteligível. Atravessa-a em prantos, em desarranjos corporificados, em construções libidinais envoltas de papel toalha, desinibidas no curso da inibição foucaultiana, desmedidas sem versões intrínsecas à pulsão de vida, porém servidas pela pulsão de morte. Ela é desentendimento em trajeto pensante que, em sensibilidade mórbida, desarticula os impactos iminentes, para atingir o aspecto imaginário reduzido hipoteticamente e vislumbrar a entrega inconsciente que se faz nEla. Localiza as montagens que dirigem as suas idiossincrasias e excentricidades, as quais, em interação, erigem um espaço híbrido, destituído das virtuosidades clamadas pelo narcisismo alheio, mas que converge para a sua posição narcísica eminentemente castrada no fluxo opressor da matéria instituída. Fiscaliza as suas verborragias cultivadas em campo metafísico, desprovidas da racionalidade comum, distanciadas da palavra, fundadas na essência do movimento introspectivo que a afasta de si. É descoberta na escuta do seu silêncio, no grito do pensamento, no sonho desacordado, no sono intermediado. Depara-se com a fragmentação do seu saber, com a mutilação do seu ser, sem se ver e poder crer, porém com a eterna dúvida: quem veio primeiro, Ela ou Ela mesma?

Desejara, Ela. Desejara ter as palavras que a escrevem e descrevem o quão pequena é. Essas lhe faltam e continuam engavetadas até que seja à Ela concedido o direito de destrancá-las. Nesse medo vicioso, influencia-se numa fachada repleta de degraus silábicos. A você, leitor, permite imaginar, criar frases e atuações concernentes ao gibi tão difundido, tão romantizado. Existem páginas pretas e brancas, mas aqui tratam-se de rodapés cinzentos por tendência ingênita de sobrevivência. É exatamente essa massa encefálica que destrói a natureza fetal dEla e constrói a sua novela. É nesse âmbito que Ela se desliga de si.

Quisera, Ela. Quisera não ser para ser o outro, para ser você, para ser o pássaro, para ser a onça, para ser o retrato em moldura sacra, para ser o ar que não finda, para ser o céu estrelar lá em cima. Quisera Ela ser quem não é para não guardar as feridas que a habitam, para não viver com um fim as alegrias que a ultrapassam, para não portar a si mesma; quisera não se ser para ser o longínquo infinito, apenas sendo, apenas indo…

Ela, sendo, mãe. Ser mãe é ser um lugar, lugar do indizível, lugar do inusitado imprevisível, lugar do afeto imprevisto, da largueza da intrepidez, do amor sem fim, lançando cada olhar em outrora lugar, ser mãe é a mais aclamada sensata insensatez, sendo mãe em cada sua legítima vez.

Ela, abespinhou

Palavras amordaçadas
Excesso de verdades
Perda da relação discursiva do próprio sofrimento
Des-alento

Condomínios
Somos nós, sou eu, você, Ela,
Cada um de si
Em nova ordem
Em (neo) legislação
Cabochão

Normas exorbitantes
Em demasia o acúmulo
Das fantasias improfícuas
Cria sem vida

São os condomínios
Ausência de intimidade
Prolifera-se a paranoia
Em redes contábeis

Sujeito deflacionado
Em corpo deficitário
Ermo
Inumano
De-canto selvagem

Tantas determinações
Por que não o indeterminado?
É sempre mais excitante
O lugar do desconhecido
O acaso repentino
A emergência de um sujeito
Em laço surpreendido

Condomínios...

Prefiro um casebre
Cabe-me
Encaixa-me
Com poucas cercas
Sem perder um pedacinho da liberdade
Aquela que habita cada um
Por vezes esquecida
Em desfile na passarela
Das escumilhas
A repetir os aplausos
No silêncio de vigília

Sim
Um casebre
De noite
De dia
Uma espécie, em extinção

Uma pérola
Este gênero
Humano
Espontâneo
Extemporâneo

Só-terrâneo

Subterrâneo

Ela tem pressa. Tem pressa de você. Tem pressa de viver. Viver é para poucos, Ela é só uma, não-toda, é brisa leve que enfrenta a tempestade num albergue, lugar que escolhe para iniciar, deficitário na eminência de construir, à partida, um casebre com destino ao palácio fúlgido na epifania de um amor lúcido, hígido e sensível às vicissitudes da beneficência e do desarrimo que todo amor entrega. Tem pressa, mas, caminha por entre as indolências e azáfamas que se deparam diante de sua estratosfera. Tem pressa, escuta larga calmaria no silêncio obscuro para enflorar e medrar. Tem pressa, tem prece. Pressa tem dois 'ss', é muito, quase tudo, não poderia ser inteiro, mas, por que não eufônico, diligente e ligeiro? Não sabe; um furo, fundo, no não-saber, confunde, desuetudo?

Ela estabeleceu. Por anos a fio estabeleceu uma relação quase que patriarcal com a palavra. Como aquela velha cordialidade inglesa. Fica a letra, não mais a palavra enrijecida, mas, a plasticidade do resto, enaltecida. A palavra não se faz mais como densa ou rasa, já é de casa. A letra, sim, está sempre de prontidão, batendo à porta, inclusive, no solstício da madrugada empenada, em guarda emplumada. Ela acena à infinitude do nada.

Atestou, Ela. Atestou que as palavras já não se comunicam mais. Já não se apresentam mais. As palavras não são palavras, são zumbido, são consonâncias desarticuladas. As letras são como o vento, passam por Ela, a atravessam e às vezes derrubam algo. As palavras não existem, são conteúdo opaco, já não transformam mais. O silêncio é palavra, é deserto, é som, é lírico. A palavra agride, destrói mais do que constrói, é comunicado primitivo, é saber arcaico, é limitação eterna. As palavras não a acompanham, não a desenham, escorregam por entre gestos, escapam por entre olhares. As palavras são estados, são vertigens, são figuras, são pintura. As palavras são ilusões, fantasias, mitos, construções. São hostilidade, narcisismo em falso altruísmo, desentendidas palavras são como afeto legítimo. As palavras não são mais do que palavras, não são palavras. São esboço da ideia de ideia da percepção dispersa ou focada de si, do discernimento interpelado pelo pensamento letárgico conduzido por representações, por letras. As palavras são pendência eternamente, são códigos repetentes, leitura descendente. As palavras não se são, nem essas que Ela aqui proferiu.

SOBRE A AUTORA

Fernanda Augusta, natural de Belo Horizonte, nascida em 04/10/1984 é Psicóloga e Psicanalista. Frequentou o conservatório de piano da UFMG, bem como a graduação em música – bacharelado em piano – na mesma instituição. Fernanda escreve desde a sua tenra infância. Publicou em 2014 o livro O FURO: *biografia poética* e participou de diversas antologias poéticas, inclusive por meio do Museu Nacional da Poesia (MUNAP).

SELO DULCINEIA

A força vital da novela "Dom Quixote" vem de encontros entre a realidade e a idealização da linguagem derivada dos romances de cavalaria. Assim, unimos a figura histórica que inspirou a criação da personagem de Cervantes e a imagem idealizada da musa que fazia Dom Quixote sonhar. No selo Dulcineia, o leitor encontrará a linguagem estilizada da poesia, das novelas, contos e ensaios com autoras e temas femininos reais do mundo atual.

Dulcineia é um caminho a ser seguido por quem parte em busca das mais quixotesca aventura: a leitura.

Editora Quixote+Do

1ª edição [2022]

Esta obra foi composta em Bembo sobre papel
Pólen Bold 90 g/m² e impressa pela Artes Gráficas Formato
para a Quixote+Do Editoras Associadas.

#tudocomeçanalivraria #quixotedo2022 #elafragmentoseméolo

MISTO
Papel | Apoiando o manejo florestal responsável
FSC® C092828
www.fsc.org

2021 CARBON NEUTRAL SAVE cerrado

A marca FSC® é a garantia de que a madeira utilizada na fabricação do papel deste livro provém de florestas que foram gerenciadas de maneira ambientalmente correta, socialmente justa e economicamente viável, além de outras fontes de origem controlada

O Selo Carbon Neutral certifica que as emissões de GEE serão compensadas por ações que evitem o desmatamento e a degradação ambiental, gerando restauração, preservação, conservação de florestas nativas do Cerrado, preservação da hidrografia local que alcança a bacia do Rio São Francisco e promovendo o desenvolvimento do extrativismo sustentável com agricultura familiar.